ALFRED TENNYSON

# Enoch Arden

POÈME

Traduit par

XAVIER MARMIER

de l'Académie française

PRIX : 1 FRANC 50

PARIS

ALPHONSE LEMERRE, ÉDITEUR

27-31, PASSAGE CHOISEUL, 27-31

M DCCC LXXXVII

# Enoch Arden

ALFRED TENNYSON

# Enoch Arden

POÈME

Traduit par

XAVIER MARMIER

de l'Académie française

PARIS

ALPHONSE LEMERRE, ÉDITEUR

27-31, PASSAGE CHOISEUL, 27-31

M DCCC LXXXVII

# ENOCH ARDEN

Au bord de la mer, au milieu de la longue falaise, une ouverture s'est faite. Dans cette ouverture, l'écume des flots s'épanche sur les sables jaunes; plus loin apparaît un groupe de toits rouges autour d'un petit quai, une église en ruine, un chemin qui monte vers la tour d'un moulin; plus haut, la dune grise, puis un tumulus danois, puis une excavation arrondie comme une coupe. Là reverdit et fleurit un bois de coudriers. On y vient en automne cueillir des noisettes.

Sur la plage couraient, il y a cent ans, trois enfants de différentes familles : Anna Lee, la plus jolie fille du village; Philippe Ray, le fils unique du meunier, et Enoch Arden, pauvre orphelin. Son père, un rude matelot, avait péri l'hiver dans un naufrage. Ces trois enfants s'en allaient jouer parmi les débris de toute sorte dispersés sur le rivage, parmi les lourds rouleaux de cordages, les noirs filets de pêcheurs, les ancres rouillés et les bateaux mis à sec. Ils élevaient avec du sable des constructions que la vague en un instant submergeait, et chaque jour, le long des brisants, leurs petits pieds imprimaient une trace que chaque jour l'onde effaçait.

Au pied de la falaise était une grotte étroite où ils s'amusaient à représenter le gouvernement d'un ménage. Un matin, Enoch était le chef de la communauté; le lendemain, c'était Philippe, et toujours Anna restait la maîtresse du logis. Mais quelquefois Enoch prétendait garder sa souveraineté pendant toute une semaine.

« Voici ma maison, disait-il, et voici ma femme.

— C'est à moi à présent, répliquait Philippe. A chacun son tour. »

Si l'on en venait à une vraie querelle, Enoch, étant le plus fort, remportait la victoire. Les yeux bleus de Philippe s'emplissaient de larmes, et, dans sa colère impuissante, il s'écriait :

« Enoch, je te hais. »

Alors Anna pleurait aussi, et les conjurait de ne pas se disputer, disant qu'elle voulait être leur petite femme à tous deux.

Mais quand la rose aurore de l'enfance fut passée, quand les deux compagnons ressentirent la chaleur du soleil de la vie, l'un et l'autre s'attachèrent de plus en plus à la jeune fille. Enoch exprima hautement son amour. Philippe n'osait révéler le sien. Anna était pour lui plus douce que pour son rival. Cependant, sans le savoir, elle aimait Enoch, et sans cesse il lui parlait de ses hardis projets. Il lui disait comment il voulait par son travail faire des économies, acheter un bateau et préparer un joli foyer à sa chère Anna. En effet, il se mit à l'œuvre de telle sorte que bientôt, le long de la côte, à plusieurs lieues de distance, on le citait comme le pêcheur le plus hardi, le plus heureux et le plus expert dans le danger. En servant à bord d'un navire de commerce, il avait très bien appris l'état de marin, et trois fois il avait enlevé une vie humaine à la terrible puissance des vagues de l'Océan. A tout le monde il plaisait.

Avant d'avoir atteint son vingt et unième été, il était libre possesseur d'un bateau, et il avait organisé pour Anna une maisonnette, étroite et riante comme un nid.

En automne, un soir, les jeunes gens s'en allaient en haut de la colline avec sac et panier cueillir des noisettes. Philippe, retenu en ce moment près de son père, s'acheminait de leur côté une heure plus tard. Quand il arriva au sommet de la dune, sur la lisière des rameaux de coudrier, Enoch était assis à côté d'Anna et lui tenait la main. Dans ses yeux gris, sur sa figure bronzée rayonnait une sorte de feu sacré comme celui d'un autel. Dans les regards de l'amoureux marin, dans les regards de sa compagne, Philippe lut sa sentence. Il vit en gémissant ces deux têtes se rapprocher, se retira à l'écart, et, comme un oiseau blessé, se glissa dans la profondeur du bois. Là, tandis qu'à quelque distance résonnaient les joyeuses paroles, il eut, sans qu'on le vît, son heure sombre; puis il se leva, et s'en alla ayant un cruel vide dans le cœur.

Et ils furent mariés, et gaiement retentirent les cloches; gaiement s'écoulèrent les années, sept heureuses années de santé, d'aisance, de mutuelle affection, d'honnête travail. Et des enfants; d'abord une fille. Au premier cri de cet enfant, Enoch forma le vœu d'épargner avec soin ce qu'il gagnerait, afin que cette douce créature reçût une éducation meilleure que celle de son père et de sa mère. Deux ans après, il éprouva la même ambition à la naissance d'un garçon qui devint l'idole de sa demeure. Et il s'en allait bravement, tantôt jetant ses filets dans les flots orageux, tantôt cheminant sur la grande route. Le cheval blanc d'Enoch, le butin maritime d'Enoch enfermé dans une corbeille qui avait une odeur maritime, et sa figure hâlée par les frimas étaient connus non seulement autour de la croix du marché, mais dans les allées ombreuses par delà la dune, jusqu'aux lionceaux du portail, jusqu'aux ifs du manoir solitaire où Enoch portait les provisions du vendredi.

Puis, comme toutes les choses humaines changent, la vie du jeune marin subit aussi un changement. A dix milles au nord de la petite rade était un port plus large où Enoch allait quelquefois par terre et quelquefois par mer. Là, un jour, il tomba du haut d'un mât. On l'emporta dans sa maison ayant un membre cassé. Tandis qu'il souffrait encore de sa fracture, sa femme mit au monde un fils maladif. Un autre pêcheur le remplaça dans son négoce, lui enlevant ainsi son pain quotidien et celui de sa famille. Alors, malgré sa ferme nature et sa foi en Dieu, il se sentit, dans son inaction, saisi d'une sombre pensée. Il voyait, dans une sorte de cauchemar nocturne, ses enfants condamnés à vivre misérablement au jour le jour et sa chère femme réduite à la mendicité.

« Oh Dieu ! s'écria-t-il dans sa douleur, quoi qu'il m'arrive à moi, sauve-les de ces souffrances ! »

Pendant qu'il priait, le maître du navire sur lequel il avait servi vint le voir, ayant appris son infortune et sachant ses qualités. Il venait lui offrir l'emploi de maître d'équipage sur ce même navire, qui, dans quelques semaines, partirait pour la Chine. Enoch voulait-il accepter cette place? Voulait-il aller si loin ? Enoch pensa que cette proposition était une réponse providentielle à sa prière et consentit à tout.

En ce moment, son désastre ne lui apparaissait plus que comme un de ces légers nuages qui traversent la route du soleil. Cependant, après son départ, qu'adviendrait-il de sa femme et de ses enfants? Il se mit à combiner ses plans et pensa qu'il devrait vendre son bateau. Ce bateau, il l'aimait. Il avait tant de fois avec lui affronté la fureur des flots! Il le connaissait comme un cavalier connaît son cheval. Mais il devait le vendre. Avec le produit de cette vente, il ferait pour Anna un assortiment des diverses marchandises nécessaires aux marins et à leurs femmes. Ce serait la ressource d'Anna pendant qu'il serait absent; et lui ferait aussi le commerce en ce prochain voyage et en plusieurs autres, tant que besoin serait. A la fin, il deviendrait riche propriétaire d'un grand navire, réalisant de larges bénéfices, et tous ses enfants bien élevés, sa fortune assurée, il vivrait en paix dans sa famille.

Telle était la détermination du brave marin. Sa femme rentra un peu pâle et lui mit entre les bras, avec un cri de joie, l'enfant débile qu'elle allaitait elle-même. Enoch le palpa des pieds à la tête, le pesa dans ses mains, et dit que c'était un gros garçon qui ressemblait à son père; mais il n'osa ce jour-là révéler ses projets à Anna; il voulait attendre au lendemain.

Le lendemain, pour la première fois depuis qu'elle avait mis à son doigt l'anneau matrimonial, Anna combattait la volonté de son mari. Elle ne lui adressait pourtant point de fâcheuses remontrances, mais, par ses prières, ses larmes, ses tristes baisers, elle essayait de le fléchir. Elle lui disait que ce voyage serait funeste, et le suppliait d'y renoncer pour elle et pour ses enfants. Vains efforts! Justement pour elle et pour ses enfants, sans souci pour lui-même, il persista dans sa résolution et l'accomplit.

D'abord il acheta les marchandises qu'il voulait laisser à Anna; et, pour les ranger en bon ordre, voulut poser lui-même les rayons nécessaires. Jusqu'à l'heure de son départ, dans sa maisonnette, retentit le bruit de la hache et du marteau, de la tarière et de la scie. Il semblait à la pauvre Anna qu'on préparait son échafaud. Tout étant fini, tous les objets proprement et soigneusement placés dans l'étroit espace, comme les semences des plantes dans leurs capsules, Enoch, qui, jusqu'à la dernière minute, avait voulu travailler pour Anna, dormit d'un profond sommeil et, le matin, s'éveilla content et résolu. Il allait partir et riait des craintes d'Anna. Cependant il s'agenouilla pieusement, et, dans le pieux mystère où Dieu est dans l'homme dont l'âme est en Dieu, il invoqua la bénédiction céleste pour sa femme et ses enfants, puis il dit :

« Anna, par la grâce du Seigneur, ce voyage nous sera utile à tous ; gardez-moi un clair foyer et un bon feu, car je reviendrai, mon enfant, sans que vous sachiez quel jour. »

Ensuite, berçant doucement le berceau du dernier né :

« Dieu, dit-il, bénira ce gentil petit être faible, que j'aime particulièrement à cause de sa faiblesse. A mon retour, je le prendrai sur mes genoux et l'égayerai, en lui contant des histoires des pays lointains, et vous, Anna, prenez courage avant mon départ. »

Comme il montrait tant d'espoir, Anna voulait aussi espérer ; mais lorsque d'un ton grave, en son langage de marin, il se mit à parler de la Providence et de la confiance qu'on devait avoir dans le ciel, elle l'entendait; elle l'entendait et ne l'entendait pas, comme la jeune fille qui s'en va à la fontaine, rêvant à celui qui avait l'habitude de l'aider dans sa tâche, entend et n'entend pas, et laisse l'eau déborder de la cruche.

A la fin, elle lui dit :

« Oh ! Enoch ! vous êtes un homme intelligent; mais, quelle que soit votre intelligence, je sais que je ne vous verrai plus.

— Et moi, répliqua-t-il, je vous verrai. Mon navire passera tel jour devant notre maison; prenez une lunette de marin, vous me verrez et vous rirez de vos craintes. »

Et, quand vint le moment de l'adieu :

« Anna, dit-il, ma chère femme, prenez courage. Pensez à nos enfants; gardez en bon ordre notre ménage; il faut que je parte. N'ayez pas peur pour moi, ou, si vous avez peur, confiez vos frayeurs à Dieu. Là est l'ancre de salut. Dieu n'est-il pas aux extrémités de l'Orient? En allant là, je ne m'éloigne pas de lui. La mer aussi est à lui, la mer est à lui : c'est lui qui l'a faite. »

A ces mots, il se leva, serra sur son cœur sa

femme tremblante, embrassa ses deux enfants aînés, tout surpris de ces agitations. Anna voulait lever le petit malade, qui dormait, après une nuit de fiéveuse insomnie :

« Non, dit Enoch en lui donnant, dans son berceau, un baiser; ne l'éveille point, laisse-le dans son repos. Si jeune encore, il ne pourrait se souvenir de cet adieu. »

Alors Anna coupa délicatement une boucle de cheveux sur le front du pauvre petit et la donna à Enoch. Il la prit pour l'emporter bien loin, prit à la hâte son humble bagage, fit un dernier salut de la main et partit.

Pour le jour où son navire venait passer devant le village, Anna avait emprunté une lunette; mais en vain. Soit qu'elle ne pût mettre la lunette à son point, soit que son œil fût humide et sa main tremblante, elle ne vit point celui qu'elle cherchait. Il était cependant sur le pont du navire, agitant son mouchoir, et il passa.

Anna suivit du regard le bâtiment jusqu'à ce que sa dernière voile disparût, puis pleura. Elle pleurait Enoch absent comme s'il était mort. Elle voulait cependant soumettre sa triste volonté à celle qu'il lui avait manifestée.

Mais elle ne réussit point dans son entreprise, n'ayant pas été élevée pour le commerce, ne pouvant sortir de quelque embarras par la finesse, ne pouvant mentir ni surfaire sa marchandise, et plus d'une fois se demandant : « Que dirait Enoch? » Car plus d'une fois, en des moments difficiles, elle avait vendu divers objets de sa boutique au-dessous du prix d'achat. Elle reconnut avec peine qu'elle ne pouvait réussir dans son commerce; et, toujours attendant des nouvelles qui ne venaient pas, elle travailla pour subvenir tant bien que mal à ses besoins, et vécut d'une vie silencieuse et mélancolique.

Son troisième enfant, qui était né très faible, s'affaiblit encore, malgré les tendres soins qu'elle lui donnait; mais sa tâche d'ouvrière l'obligeait souvent à le quitter; et, soit qu'elle n'eût pas le moyen de lui procurer ce qui lui était nécessaire ou de payer la voix qui lui aurait indiqué le nécessaire, le malade languit; puis soudain, comme un oiseau qui s'échappe de sa cage, l'innocente petite âme s'envola.

Après l'enterrement du doux enfant, Philippe, qui, depuis le départ d'Enoch, n'avait pas revu Anna, se sentit le cœur troublé :

« Il faut, se dit-il, que j'aille à elle, peut-être lui serai-je de quelque utilité. »

Il se dirigea vers la maisonnette, traversa une chambre solitaire, frappa trois fois à la porte d'une autre chambre, puis lui-même l'ouvrit. Anna était là, plongée dans la douleur de son deuil, la tête tournée contre la muraille, pleurant et ne songeant à voir personne.

« Anna, lui dit Philippe, debout devant elle, d'une voix timide, je viens vous demander une grâce.

— Une grâce? répliqua-t-elle; une grâce à moi, si affligée et si délaissée! »

Cette triste réponse le déconcerta un peu. Cependant, sans y être invité, il s'assit près d'Anna et lui dit :

« Je viens vous parler de ce que votre mari souhaitait. J'ai toujours reconnu qu'en l'épousant vous aviez fait le meilleur choix; car là où il mettait son cœur, là aussi il mettait son action pour accomplir ce qu'il voulait. Et pourquoi vous a-t-il quittée? Pourquoi a-t-il entrepris un pénible voyage? Ce n'était certes pas pour le plaisir de voir le monde? Non; mais pour donner une meilleure éducation à ses enfants. C'était là son désir. S'il revenait, il serait affligé de voir combien d'heures précieuses les pauvres petits ont déjà perdues; et s'il pensait que tous deux passent leur temps à courir à travers champs, comme de jeunes poulains, il en serait tourmenté jusque dans sa tombe. Anna, nous nous connaissons depuis que nous sommes au monde; je vous en prie, par l'amour que vous portez à votre mari et à vos enfants, je ne dis pas par affection pour moi, laissez-moi mettre votre garçon et votre fille à l'école. J'ai bien le moyen de faire cette dépense, et si vous le voulez, Enoch, à son retour, me la remboursera. »

Anna, la tête tournée contre la muraille, lu répondit :

« Je n'ose vous regarder en face, tant je suis bouleversée. Avant votre visite, j'étais accablée par mon deuil ; à présent, je suis accablée par votre générosité. Mais Enoch, j'en ai l'intime conviction, quand il reviendra, acquittera sa dette envers vous, la dette d'argent. Celle-là, on peut l'acquitter, mais non celle que l'on contracte par une bonté comme la vôtre.

— Ainsi, dit Philippe, c'est convenu. »

Anna, se tournant alors vers lui, le regarda

un instant en silence, puis lui serra la main, le bénit et s'en alla dans son petit jardin.

Philippe sortit exalté. Il se dévoua aux deux enfants, les mit à l'école, leur acheta des livres et d'autres choses nécessaires. De peur de donner lieu à de méchants propos, il réprimait un de ses plus chers désirs et franchissait rarement le seuil d'Anna, mais, par les enfants, il lui envoyait divers petits présents : des légumes et des fruits, les premières et les dernières roses de son jardin ; quelquefois des lapins de la dune ; quelquefois de la farine, en disant, pour dissimuler sa charité, qu'il voulait, par cette fine farine, lui faire voir la perfection de son moulin.

Et il ne sondait point les sentiments d'Anna. Dans les rares visites qu'il lui faisait, elle ne pouvait que par quelques mots interrompus lui dire son émotion de cœur, son infinie gratitude. Mais ses enfants étaient passionnés pour Philippe ; du plus loin qu'ils le voyaient passer dans la rue, ils couraient avec joie au-devant de lui ; ils étaient les maîtres de sa maison, de son moulin ; ils lui racontaient leurs plaisirs et leurs peines, se suspendaient à son col, jouaient avec lui et l'appelaient papa Philippe. Leur affection pour Philippe s'accroissait à mesure que, dans leur esprit, leur souvenir d'Enoch s'amoindrissait. Enoch ne leur apparaissait plus que comme une vision incertaine ou un rêve, comme une figure qu'on entrevoit vaguement aux premiers rayons de l'aube, à l'extrémité d'une avenue, et dont on ne peut suivre la direction. Depuis dix ans, Enoch avait quitté son foyer, sa terre natale, et, depuis dix ans, on n'avait de lui aucune nouvelle.

Un soir, les enfants désiraient aller, comme plusieurs de leurs camarades, cueillir des noisettes, et Anna voulait les accompagner; mais il leur fallait encore le bon meunier. Ils le trouvèrent dans son moulin, travaillant comme de coutume et couvert de farine, et lui dirent :

« Viens avec nous, papa Philippe! »

D'abord, il refusa; mais ils se mirent à le tirer, en riant, par les bras, et il ne pouvait résister. Anna était là.

Après avoir gravi le pénible sentier de la dune, en arrivant à la lisière du bois, elle se sentit fatiguée et dit en soupirant :

« Laissez-moi me reposer ici. »

Philippe était content de rester avec elle, tandis que les enfants échappaient à leur tutelle avec des cris de joie et s'en allaient tumultueusement au fond du bois, courbant ou brisant les branches rebelles des coudriers, pour cueillir les jeunes noisettes, et courant séparément, et s'appelant l'un l'autre de distance en distance.

Philippe, assis à côté d'Anna, était en silence absorbé dans ses réflexions. Il se souvenait de l'heure sinistre où au fond de ce même bois, il s'était retiré comme un oiseau blessé. Enfin l'honnête garçon, relevant la tête, dit :

« Anna, entendez-vous les joyeuses clameurs ? »

Comme elle ne répondait rien :

« Anna, reprit-il, vous êtes abattue ; bien abattue, ajouta-t-il avec une sorte d'amertume, en la voyant cacher son front dans ses mains. Mais le navire est perdu ; on n'en doit plus parler. Voulez-vous donc vous tuer, et de vos deux enfants faire complètement deux orphelins ?

— Je ne songeais point à cela, répondit Anna ; mais je ne sais pourquoi, en écoutant ces cris joyeux, je me sentais si esseulée... »

Alors Philippe, se rapprochant d'elle, lui dit :

« Anna, j'ai quelque chose dans la pensée ;

quelque chose depuis si longtemps, que, sans savoir comment cela m'est venu, j'ai bien senti que, un jour ou l'autre, il faudrait en parler. Oh ! Anna, on ne peut plus croire, on ne peut plus espérer que celui qui vous a quittée il y a dix ans soit encore de ce monde. Laissez-moi donc vous dire comme cela m'afflige de vous voir pauvre et sans secours, et je ne puis vous aider comme je le souhaiterais, à moins que... On prétend que les femmes sont si fines... Peut-être savez-vous ce que je désire... que vous sachiez... Je voudrais que vous fussiez ma femme... Je serais un père pour vos enfants. Il me semble qu'ils m'aiment déjà comme un père ; moi, je les aime comme s'ils étaient à moi ; et je crois que si vous m'épousiez, après tant de tristes, pénibles années, nous pourrions être aussi heureux qu'on peut l'être en ce monde par la grâce de Dieu. Songez à cela. Je puis faire du bien, n'ayant ni fardeau, ni peines ni soucis, sauf mes soucis pour vous et vos enfants. Et nous nous sommes connus toute notre vie, et je vous aime depuis plus de temps que vous ne pensez. »

Anna, avec un accent de tendresse, répondit :

« Vous avez été comme l'ange de Dieu dans ma maison. Que le ciel vous bénisse! Que le ciel vous récompense, en vous donnant une femme meilleure que moi. Peut-on aimer deux fois? Pouvez-vous être aimé comme le fut Enoch? Est-ce là ce que vous demandez?

— Je serai content répliqua Philippe, d'être aimé un peu après Enoch.

— Oh! s'écria Anna toute troublée, attendez quelque temps; si Enoch revenait?

— Enoch ne reviendra pas.

— Mais attendez un an... Un an, ce n'est pas si long. Dans un an, je serai plus clairvoyante. Attendez.

— Comme j'ai attendu toute ma vie, dit Philippe avec amertume, je puis bien attendre encore.

— Non, s'écria-t-elle, je suis liée. Vous avez ma promesse; dans un an! Ne voulez-vous pas accepter avec moi ce délai d'un an?

— Je l'accepte, » répondit Philippe.

Tous deux ensuite restèrent silencieux, jusqu'à ce que Philippe, voyant la lueur descendre au-dessous du tumulus danois, et craignant pour Anna la nuit et la fraîcheur, appela les enfants qui accoururent avec leur butin, et l'on se mit en route pour retourner au village. Philippe reconduisit Anna jusqu'à la porte de sa maisonnette. Là, lui prenant la main, il lui dit doucement :

« Je vous ai exprimé mes vœux en un moment où vous étiez un peu troublée ; j'ai eu tort. Je suis lié à vous ; mais vous Anna, vous êtes libre.

— Non, répliqua Anna en pleurant, je suis aussi liée. »

Ainsi dit-elle ; et bientôt, un soir, comme elle était à son foyer, songeant à cet autre soir d'automne où il prononçait ces mots : « Je vous aime depuis plus de temps que vous ne pensez, » tout à coup il apparut devant elle, réclamant l'exécution de sa promesse.

« Eh quoi ! s'écria-t-elle, y a-t-il déjà un an ?

— Oui, répliqua-t-il, si, comme je le crois, les noisettes sont mûres ; venez et voyez. »

Mais elle ne pouvait encore. Tant de choses à examiner... Un tel changement... Un mois encore... Elle savait bien qu'elle était engagée ; mais un mois, pas plus.

« Soit, dit Philippe d'une voix tremblante, avec des yeux qui exprimaient ses longues souffrances; prenez votre temps, Anna, prenez votre temps. »

La jeune femme avait tellement pitié de lui, qu'elle en aurait pleuré.

Cependant elle lui imposa encore une nouvelle épreuve. De semaine en semaine, à l'aide de différents prétextes, elle le fit attendre encore six mois.

Mais les oisives commères du port, ne comprenant rien à ces délais, se vengeaient de leur contrariété par leurs propos. Quelques-unes prétendaient que Philippe se jouait de la pauvre veuve; d'autres, qu'elle-même semblait l'écarter pour le mieux saisir; d'autres les regardaient, elle et lui, comme deux pauvres êtres qui ne connaissaient pas leurs propres sentiments. L'une de ces commères, dont l'esprit couvait comme des œufs de serpent toutes les mauvaises suppositions, faisait peser sur les deux innocentes créatures les plus fâcheux soupçons. Le fils d'Anna gardait le silence, bien qu'il s'intéressât aux vœux de Philippe; mais la fille pressait sa mère d'épouser celui qui leur était à tous si cher et les délivrerait de la pauvreté; et la bonne figure rose de Philippe devenait triste et pâle; et toutes ces choses tombaient sur le cœur d'Anna comme autant de reproches.

Une nuit enfin, ne pouvant dormir, elle invoquait ardemment un signe qui lui indiquât si son Enoch était encore de ce monde; et soudain, dans le silence nocturne, ne pouvant résister à l'angoisse de son cœur, elle se leva, alluma sa lampe, ouvrit le livre saint pour y trouver le signe décisif, et son doigt s'arrêta à ces mots : « Sous le palmier ». Cela ne lui donnait aucun indice; elle referma le livre et s'endormit. Mais voilà que, dans son sommeil, elle vit, au haut d'une colline, Enoch sous un palmier, le soleil brillant sur sa tête.

« Il est mort! s'écria-t-elle; il est heureux! Il chante l'Hosannah au plus haut des cieux. Sur sa tête luit le soleil de la justice, et voilà les palmes que le peuple jetait sur le chemin du Rédempteur, en criant : « Hosannah au « plus haut des cieux! »

Le matin, elle envoya chercher Philippe et lui dit impétueusement :

« Plus rien ne nous empêche de nous marier.

— Au nom du ciel, répondit-il, pour votre bonheur comme pour le mien, marions-nous. »

Le mariage se fit; les cloches gaiement sonnèrent. Gaiement les cloches sonnèrent; mais le cœur d'Anna ne battait point gaiement. Elle ne savait comment, un pas semblait suivre ses pas. Elle ne savait comment, elle croyait entendre un soupir. Elle n'aimait pas à rester seule au logis, ni à se trouver seule au dehors. Lorsqu'elle revenait à la maison, elle s'arrêtait à la porte, le doigt sur le loquet, comme si elle avait peur d'entrer. Philippe ne s'inquiétait point de ces terreurs, il en prévoyait la fin. En effet, Anna devint mère et elle fût comme renouvelée par son nouveau-né. Elle recouvra la paix du cœur, elle aima sans réserve son Philippe, et toutes ses mystérieuses appréhensions s'évanouirent.

Et Enoch! qu'était-il devenu? Son navire, *la Bonne-Fortune*, après avoir vaillamment résisté dans le golfe de Biscaye à une tempête écrasante, avait heureusement continué son voyage vers l'est, traversé l'équateur, subi quelques coups de vent au Cap, puis, retraversant la ligne, il avait été conduit par des brises régulières vers les îles d'or, dans une paisible rade de l'Orient.

Là Enoch trafiqua pour son propre compte,

acheta de curieuses choses pour les marchés de son pays, plus d'une aussi pour ses enfants.

En revenant vers l'Angleterre, le navire d'abord glissait mollement de jour en jour sur une belle mer, et la symbolique image sculptée à sa proue s'élevait fièrement au-dessus de l'écume des flots. Mais bientôt il eut à subir les calmes, puis les vents variables et de nombreuses bourrasques; puis enfin un ouragan, qui, la nuit, sous un ciel noir, le jeta sur les écueils, et là il fut brisé, et tout l'équipage périt, sauf Enoch et deux de ses compagnons. Soutenus par des voiles flottantes et des mâts brisés, les trois malheureux atteignirent une île féconde, mais la plus solitaire dans le solitaire Océan.

Là, ils trouvèrent des aliments substantiels, des fruits savoureux, des noix de cocotier, des plantes nutritives. Là, dans une gorge ouverte du côté de la mer, ils se firent, avec des branchages et des feuilles de palmiers, un gîte, demi-hutte, demi-caverne, et ils étaient malheureux sur ce riche sol d'un Éden, vivifié par un éternel printemps.

L'un d'eux, le plus jeune, presque un enfant, qui avait été meurtri dans la nuit fatale du naufrage, languit encore trois ans, puis mourut. Un autre succomba à un coup de soleil. Enoch restait seul. Ces deux morts étaient pour lui des avertissements, il se disait : « Attends. »

Il voyait les montagnes couvertes de bois jusqu'à leurs sommités, les clairières qui s'élevaient comme des chemins vers le ciel, les couronnes de cocotiers légères comme des plumes, les brillantes couleurs de l'insecte et de l'oiseau, l'éclat des longs convolvulus enlacés aux grands arbres et se déroulant jusqu'à l'extrémité de l'île, le rayonnement, la splendeur de l'immense ceinture du monde. Mais il ne pouvait plus voir ce qu'il avait été heureux de voir : la figure humaine. Il ne pouvait plus entendre une douce voix. Mais il entendait les cris des myriades d'oiseaux tournoyant sur l'Océan, les longues vagues roulant et tournant sur le récif, le murmure des rameaux fleuris, le bruit du petit ruisseau descendant impétueusement vers la mer. Sans cesse il errait sur la plage ou s'asseyait dans la gorge ouverte du côté de l'Océan ; marin naufragé attendant une voile, et de jour en jour pas une voile, et chaque matin les rayons de pourpre de l'aurore éclatant à travers les palmiers, les fougères et les précipices; la lumière enflammée sur les eaux à l'Orient; la lumière enflammée sur les eaux à l'occident, puis les cercles des astres à la surface du ciel; puis, de nouveau, les clartés de l'aurore. Mais pas une voile.

Tandis qu'il était là, immobile, silencieux, toujours aux aguets, le lézard doré venait souvent se poser sur lui; souvent aussi il était harcelé, poursuivi par un fantôme composé de plusieurs fantômes; lui-même, par la pensée, errait comme un fantôme sur les rivages, parmi les habitants d'une île sombre bien éloignée de l'équateur. Il revoyait ses enfants avec leur gentil babil, et Anna, et la petite maison, la rue montueuse, le moulin, le sentier sous les arbres, les branches de l'if devant le manoir solitaire, le cheval attelé à sa charrette, le bateau qu'il avait vendu; puis, le ciel de novembre, les dunes humectées par la rosée, les petites pluies. Il aspirait l'odeur des feuilles mortes et entendait le gémissement de la mer, terne comme du plomb.

Une fois aussi, il crut entendre de loin, bien loin, résonner à son oreille le son joyeux des cloches de sa paroisse. Alors, sans savoir pourquoi, il tressaillit et se leva, et, quand il se retrouva tout seul dans sa splendide et odieuse île, si avec ferveur il n'avait prié Celui qui, étant partout, ne délaisse point les pauvres cœurs qui l'invoquent, il serait mort de son isolement.

Ainsi, sur sa tête grisonnante, d'année en année passaient les saisons de soleil et les saisons de pluie. Il n'avait cependant pas encore entièrement perdu l'espérance de retourner sur la plage que si bien il connaissait, près de ceux qui lui étaient si chers, et tout à coup ses vœux furent exaucés.

Un navire, poussé, comme *la Bonne Fortune*, par les vents orageux et détourné de sa route, abordait près de cette île inconnue pour y faire de l'eau. Un officier ayant aperçu, au lever de l'aurore, un ruisseau descendant des collines, des matelots furent envoyés à la recherche d'un réservoir d'eau fraîche, et ils faisaient retentir l'air de leurs clameurs.

Enoch sortit de sa retraite, avec ses longs cheveux, sa longue barbe, ses vêtements étranges, murmurant, marmottant comme un idiot, et faisant aux marins des signes qu'ils ne comprenaient pas. Cependant, il leur indiquait la source d'eau fraiche, et quand il les eut rejoints, et quand il les entendit parler, sa langue, si longtemps muette, fut déliée, et il leur fit comprendre qui il était.

Les matelots, ayant rempli leurs tonneaux, le conduisirent à bord de leur navire. Là, il raconta, en s'interrompant plusieurs fois, son histoire. D'abord on avait peine à le croire; mais, peu à peu, elle émut et attendrit tous ceux qui l'écoutaient. Le capitaine lui fit donner des habits et s'engagea à le ramener gratuitement dans son pays. Souvent il travaillait avec l'équipage et se réjouissait de n'être plus seul. Mais en vain il interrogea ses nouveaux compagnons; aucun d'eux ne connaissait son village et ne pouvait répondre à ses questions. Le trajet fut long et pénible; le navire n'était pas fort. Par la pensée, Enoch devançait l'action du vent jusqu'à ce que, comme un amoureux transi, sous une lame nuageuse, il respirât l'air du matin, l'air humide des prairies de l'Angleterre. Ce jour-là même, officiers et matelots firent entre eux une charitable collecte et la remirent au pauvre naufragé. Puis il fut conduit sur la côte et débarqué dans le port même d'où il était parti.

Dans ce port, il ne dit rien à personne. Il

se mit en marche pour rejoindre sa maison... sa maison! Avait-il encore une maison? L'air était un peu frais, avec du soleil. Une brume venant de la mer s'étendait dans les anfractuosités de la plage et sur le grand chemin, répandant partout une teinte grise. Çà et là on apercevait l'herbe flétrie des champs et des pâturages. Sur un arbre dénudé, le rouge-gorge chantait tristement. Dans la brume humide tombaient les feuilles mortes. La brume s'épaissit, l'obscurité s'accrut. A la fin, quand Enoch arriva dans son village, la clarté du jour était comme noyée dans le brouillard. Il se glissa dans la rue les regards fixés sur le sol, le cœur rempli de douloureux pressentiments; il atteignit la maisonnette où Anna vivait et l'aimait, où ses enfants étaient nés, où pendant sept ans il avait été si heureux. Là, maintenant, nul bruit, nulle lumière. A la porte est une affiche annonçant que ce logis est à vendre.

« Ah! dit-il en s'éloignant, elle est morte, ou morte pour moi! »

Il redescend vers l'étang, vers la rade, cherchant une taverne que bien il connaît; une façade en bois soutenue par des étais, vieille, rongée par les vers, tombant en ruine. Sans doute, elle n'existe plus. C'est le tavernier qui n'existe plus. Sa veuve, Miriam Lane, continue, malgré la décroissance journalière de ses profits, à tenir cette auberge jadis fréquentée par les bruyants marins, à présent plus tranquille, avec un lit pour les voyageurs. Enoch y passa silencieusement plusieurs jours. Mais la bonne hôtesse aimait à causer; alle savait toutes les chroniques du port, et, ne reconnaissant point Enoch, tant il était hâlé, courbé, brisé, elle lui raconta l'histoire de sa maison, la mort de son dernier enfant, la pauvreté toujours croissante de la jeune mère; comment Philippe avait mis la fille et le garçon à l'école; et son patient amour et les longs refus d'Anna; puis, enfin, le mariage et la naissance d'un enfant.

Tant que dura cette narration, Enoch ne fit pas un mouvement, et pas un nuage ne passa sur son front. Il semblait moins ému de cette histoire que la bonne hôtelière qui la lui contait. Mais quand, à la fin de son récit, elle dit: « Pauvre Enoch, naufragé et perdu, » il murmura en secouant tristement sa tête grise :

« Naufragé et perdu... perdu! »

Cependant il se dit :

« Je voudrais revoir son doux visage et savoir si elle est heureuse. »

Cette pensée le poursuivait de telle sorte que, ne pouvant y résister, un soir, par un sombre crépuscule de novembre, il se dirigea vers la colline. Là, que de souvenirs lui saisissaient le cœur. Peu à peu, la lueur des lampes allumées dans la demeure de Philippe l'attire comme la lumière du phare attire l'oiseau de passage, il y court, il s'y abat follement et y perd la vie.

La façade de la maison de Philippe, la dernière maison du village, était sur la rue. De l'autre côté, on entrait par une petite porte dans un jardin carré, entouré d'un mur. Là s'élevait un vieil if; là il y avait une allée circulaire, faite avec des galets, et au milieu, un sentier, par lequel Enoch n'osait passer. Il franchit le mur, se glissa derrière les rameaux de l'if, et de là vit ce qu'il aurait mieux fait de ne pas voir si ses douleurs pouvaient être encore aggravées.

Devant lui était un gai foyer; une table sur laquelle brillaient des verres et de l'argenterie; d'un côté, Philippe, le malheureux prétendant d'autrefois, et maintenant rose et frais, tenant un enfant entre ses genoux; prés de lui, une jeune fille grande et belle, une autre Anna. De sa main gauche, elle agitait un ruban auquel était suspendu un anneau, devant l'enfant qui étendait ses petits bras pour saisir ce jouet et ne pouvait l'atteindre, et on riait. A gauche était la mère, qui souvent regardait ce dernier-né, puis se retournait vers son fils, un grand vigoureux jeune homme, et lui disait des choses qui, visiblement, lui plaisaient.

Le pauvre naufragé vit ainsi sa femme, qui n'était plus sa femme, l'enfant dont elle était la mère et dont il n'était pas le père, et ses enfants à lui, si grands et si beaux; et tout cet intérieur si calme, si attrayant, si heureux; et l'homme qui était là à sa place, possesseur de tous ses droits et de toutes ses affections. Bien que Miriam lui eût tout appris, comme les choses qu'on voit produisent plus d'effet que celles qu'on entend raconter, le pauvre Enoch tressaillit, trembla, et se cramponna aux anneaux de l'if, craignant de pousser un cri, qui, en un moment, aurait, comme une sentence mortelle, anéanti tout ce bonheur.

Il se retira furtivement comme un voleur, marcha avec précaution sur le sable pour ne pas faire de bruit, et, comme il chancelait et craignait de s'évanouir, il s'appuya contre le mur, puis enfin atteignit la porte du jardin, l'ouvrit doucement comme on ouvre la porte de la chambre d'un malade et se trouva en pleine campagne.

Là, il avait envie de s'agenouiller. Mais il était si faible! Il tomba tout de son long, et, enfonçant ses doigts dans la terre humide, il pria.

« C'est trop tard souffrir, disait-il. Pourquoi m'a-t-on enlevé à la région lointaine? Oh! Dieu puissant, Sauveur béni, toi qui m'as vu dans mon île solitaire, soutiens-moi encore quelque temps dans cet autre isolement. Aide-moi; donne-moi la force de ne rien lui dire, de ne rien lui révéler, de ne pas troubler sa vie paisible. Et mes enfants! je ne dois non plus leur parler. Ils ne me connaissent pas. Je pourrais me trahir. Non, jamais; je n'aurai pas même un baiser de ma fille, semblable à sa mère, ni de mon garçon. »

Telles étaient ses réflexions, et il sentait son courage faillir, et il restait transi sur le sol. Enfin il se releva et se dirigea vers sa demeure, tout le long du chemin absorbé dans la même idée, et répétant comme un refrain :

« Non, ne rien lui dire; ne rien lui réveler. »

Son infortune fut adoucie par sa généreuse résolution, par sa foi profonde, par la prière, l'efficace prière qui pénètre dans les amertumes de la vie comme les sources d'eau fraîche dans les flots de l'Océan. Un jour, il dit à Miriam :

« Cette femme du meunier dont vous m'avez parlé, ne craint-elle pas que son mari vive encore?

— Ah! la pauvre âme, si vous pouviez lui dire que vous l'avez vu mort, ce serait pour elle un grand soulagement.

— Quand le Seigneur, pensa Enoch, m'aura rappelé à lui, elle saura... J'attends. »

Ne voulant pas demander l'aumône, il se mit a travailler pour vivre. Il pouvait faire beaucoup de choses; il était un peu tonnelier et un peu charpentier; il savait aussi tresser des filets de pêche, il aidait à charger et à décharger les bateaux de commerce. Ainsi il gagnait aisément sa vie. Mais depuis qu'il ne travaillait plus que pour lui-même, pour ses besoins journaliers sans aucun autre espoir, il ne sentait plus en lui le véritable élément vital. Un an après son retour, il tomba dans un état de langueur et graduellement s'affaiblit. D'abord il ne quitta plus sa chambre, puis sa chaise, puis son lit.

Et il ne s'affligeait pas de son dépérissement. Non, au contraire. Le marin jeté à la côte n'éprouve pas plus de joie à voir venir à travers la rafale le bateau qui doit le sauver que l'honnête Enoch n'en éprouvait à voir venir la mort qui mettait fin à tout.

Dans son affaissement, il avait un doux espoir; il se disait : « Lorsque je ne serai plus de ce monde, elle saura que je l'ai aimée jusqu'à ma dernière heure. »

Il appela son hôtesse et lui dit :

« Écoutez, j'ai un secret; mais avant que je vous le confie, jurez sur ce livre saint de ne pas le révéler avant que je sois mort.

— Mort! s'écria la bonne Miriam; à quoi pensez-vous? Je vous garantis que nous vous remettrons sur pied.

— Jurez, » reprit gravement Enoch.

Et Miriam, avec crainte, jura. Le malade alors, fixant sur elle ses yeux gris, lui dit :

« Avez-vous connu Enoch Arden?

— Si je l'ai connu? répliqua-t-elle, sans doute; il y a longtemps. Je me rappelle comme il descendait la rue la tête haute et ne s'inquiétant de personne.

— A présent, murmura tristement Enoch, il a la tête basse et personne ne s'occupe de lui. Je crois que je n'ai plus que trois jours à vivre. Je suis cet homme.

— Non! s'écria Miriam avec un sentiment d'incrédulité. Vous! Enoch! Non. Enoch avait un pied de plus que vous.

— Dieu, repartit le moribond, m'a ainsi courbé; ma solitude et mes douleurs m'ont brisé. C'est cependant moi qui épousai celle qui a deux fois changé de nom, celle que Philippe Ray a épousée. Asseyez-vous là et écoutez. »

Il lui raconta alors sa traversée, son naufrage, sa vie solitaire, son retour, et comment il avait vu Anna, et la résolution qu'il avait prise. Miriam l'écoutait en pleurant, et en même temps songeait à s'en aller au plus vite annoncer à tous les habitants du port ce qu'elle venait d'apprendre. Mais elle se rappela le serment qu'elle avait fait, et elle dit :

« Ne voulez-vous pas voir au moins vos enfants ? Laissez-moi aller les chercher. »

Et elle se leva pour courir au moulin. Mais

Enoch, un instant ému par ces paroles, la retint :

« Ne me troublez point, dit-il, à ma dernière heure ; laissez-moi accomplir en entier ma résolution. Écoutez-moi pendant que j'ai encore la force de parler. Quand vous la verrez, vous lui direz que je suis mort en la bénissant, en priant pour elle, en l'aimant, et, malgré la barrière mise entre nous, l'aimant comme au jour où elle était à moi. Dites à ma fille Anna que je l'ai vue semblable à sa mère ; qu'à mon dernier soupir j'ai prié pour elle et l'ai bénie. Dites à mon fils que je l'ai béni, et aussi à Philippe. Il a toujours été bon pour nous. Si mes enfants, qui m'ont à peine connu vivant, veulent me voir mort, laissez-les venir. Je suis leur père. Mais elle ne doit pas venir. Ma figure de trépassé pourrait lui faire mal. Il est un autre être de mon sang que j'embrasserai dans le monde éternel. Voici une boucle de ses cheveux. Elle-même les coupa pour me les donner. Je les ai sans cesse portés avec moi, et je voulais les emporter au tombeau. Mais non, mon doux enfant, je le verrai dans le séjour des bénédictions. Prenez ces cheveux et remettez-les à Anna. Ce sera pour elle une consolation et un témoignage de mon retour. »

Il se tut. Miriam promit en un verbeux langage de faire ponctuellement ce qu'il demandait. Il lui répéta de nouveau ses vœux, et de nouveau elle promit.

Trois jours après, Enoch, pâle et faible, étant endormi, et l'hôtesse veillant près de lui, et parfois aussi sommeillant, tout à coup sur la mer s'éleva une clameur qui retentit dans toutes les maisons du port. Enoch s'éveilla, se leva, et, étendant les bras :

« Une voile, dit-il, une voile ; je suis sauvé. »

Puis il retomba inanimé dans son lit.

Ainsi mourut cet homme au cœur fort et héroïque, et, quand on l'ensevelit, le petit port avait rarement vu un si magnifique convoi.

*Imprimé*

Le quatorze mai mil huit cent quatre-vingt-sept

PAR

ALPHONSE LEMERRE

(Lamoureux, *conducteur.*)

25, RUE DES GRANDS-AUGUSTINS

*A PARIS*

# POÈTES CONTEMPORAINS

FORMAT PETIT IN-12 COURONNE

| | |
|---|---|
| XAVIER AUBRYET. *Le Poème des mois républicains.* 1 vol. | 2 » |
| THÉODORE DE BANVILLE. *Ode à Théophile Gautier.* 1 vol. | 1 » |
| F. BARRÉ. *Poésies pour Alceste.* 1 vol | 2 » |
| H. BAZOUGE. *Les Victimes.* 1 vol | 2 » |
| — — *Les Destinées.* 1 vol | 2 » |
| CHARLES CANIVET. *Croquis et Paysages. Sonnets.* | 2 » |
| — — *Le long de la côte.* 1 vol. | 2 » |
| ANTOINE CARTERET. *Fables.* 1 vol. | 5 » |
| E. CHATONET. *Les Adieux.* 1 vol. | 3 » |
| DELTHIL. *Les Rustiques.* 1 vol | 2 » |
| — *Les Martyrs de l'Idéal,* poème. 1 vol. | 2 » |
| — *Les Lambrusques,* poésies. 1 vol. | 2 » |
| DEMENY. *Le Lied de la Cloche.* 1 vol. | 2 » |
| ALBERT GIRAUD. *Pierrot Lunaire.* 1 vol. | 2 » |
| ALBERT GLATIGNY. *La Presse nouvelle.* 1 vol. | » 50 |
| DE GRAMMONT. *Sextines.* 1 vol. | 2 » |
| ÉDOUARD GRENIER. *Francine.* 1 vol. | 3 » |
| ERNEST D'HERVILLY. *Les Baisers.* 1 vol. | 2 » |
| — — *Jeph Affagard.* 1 vol. | 1 » |
| ALBERT MÉRAT. *L'Idole.* 1 vol. (épuisé) | 2 » |
| — — *Souvenirs.* 1 vol. | 2 » |
| — — *L'Adieu* 1 vol. | 2 » |
| EMILE PREDL. *Les Murmures,* 1 vol. | 2 » |
| ARMAND SILVESTRE. *La Gloire du souvenir.* 1 vol. | 2 » |
| SYLVANE. *Sônes et Visions..* 1 vol. | 2 50 |
| ADOLPHE THALASSO. *Nuits Blanches.* 1 vol. | 2 » |
| — *Jours de Soleil,* 1 vol. | 2 » |
| PAUL VERLAINE. *Fêtes galantes.* 1 vol. | 2 » |
| — — *La bonne Chanson.* 1 vol. | 2 » |

Paris. — Imp. A. LEMERRE, 25 rue des Grands-Augustins.

Contraste insuffisant

**NF Z 43-120-14**

www.ingramcontent.com/pod-product-compliance
Ingram Content Group UK Ltd.
Pitfield, Milton Keynes, MK11 3LW, UK
UKHW020413220726
13923UKWH00004B/1914

9 782016 186756